实力道场

色彩静物

天津人民美术出版社（全国优秀出版社）

编著　姬建民

图书在版编目（CIP）数据

色彩静物／姬建民编著. —天津：天津人民美术出版
社，2007.1
　（实力道场）
　ISBN 978-7-5305-3385-7

　Ⅰ.色...　Ⅱ.姬...　Ⅲ.水粉画：静物画－技法
（美术）－高等学校－入学考试－自学参考资料
Ⅳ. J215

　中国版本图书馆CIP数据核字（2006）第141907号

天津 人民美术出版社 出版发行

天津市和平区马场道150号

邮编：300050　　　电话：(022)23283867

出版人：刘子瑞　网址：http://www.tjrm.cn

霸州市光辉印刷有限公司印刷　　全国新华书店经销

2007年1月第1版　　　　2007年1月第1次印刷

开本：889×1194毫米　1/16　印张：3　印数：1-4000

随着美术高考热的不断升温，美术高考的难度越来越大，近两年的美术高考考生人数猛增且居高不下，考生们都想通过美术这个渠道寻求更切合实际的发展空间，美术高考竞争激烈难度加大也就不言自明了。要想使自己的试卷从众多考生中脱颖而出，取得好的名次，作为考生的你就必须具备较好的绘画修养、熟练的技巧、敏锐的观察力和感受力及放松的心态，要想拥有或接近这样的素质，那么在平常训练中就要做到：勤问、勤练、勤想、勤观、勤看、勤临、勤总结等。

勤总结：要对自己进行经常性的阶段总结，通过一个阶段的训练，哪些方面有了进步？如何进步的？要分析出原因。还有哪些问题？为什么会出现这样的问题？要分析原因，及时总结。下一步如何练？怎么学？要心中有数。

此书选登了一些编者近期在教学中跟班所画范画和步骤及学生们的优秀作业，供学生解读，有不妥之处，望指正！

点、变化、神情、气质。

勤看：看好的展览、看好的书籍、看好的画册，提高艺术修养和艺术鉴赏力，开阔视野，避免出现不知道自己的画面好坏的难堪局面。

勤临：要养成勤临摹的好习惯，它是提高你绘画水平的一个非常重要的手段，当然一定要临印刷好、水平高的范画，如果能临原件更好。

勤总：要对自己进行经常性的阶段总结，通过一个阶段的训练，在哪些方面有了进步？如何进步的？要分析出原因。还有哪些问题？为什么会出现这样的问题？要分析原因，及时总结。下一步如何练？怎么学？要心中有数。

此书选登了一些编者近期在教学中跟班所画范画和步骤及学生们的优秀作业，供学生解读，有不妥之处，望指正！

图版目录

1

2

3

示范一：（姬建民　绘）

1.在起稿阶段构图很重要，要把整组静物放在画面中居中稍靠上一点的位置上，不要太满或过于小，用薄薄的单色把静物基本的素描关系简练、概括地表现出来。

2.用薄的颜色把整体静物的基本颜色倾向轻松快捷地铺下来，并保留住静物的素描关系。

3.用较饱和的颜色从较深的衬布开始画起，衬布纹理深的变化和衬布受光的变化可同时进行处理，但要注意深和亮的冷暖关系，并把其他物体暗部和较深的变化顺势表现出来。浅色的布及白色的盘子要保留，因为它们的明度很高，表现它们色彩变化的时机未到，但为了保证画面整体的要求，可以随机做一些小范围的渲染。

4.把亮的衬布、盘子和其他物体的受光面进行塑造，并让形和色彩结合得紧密周到。色彩冷暖变化要明确、合理。对不同物体反映出来的高光要区分对待，避免出现"公共"高光。对近处主体物进行充分的塑造，放松边缘及靠近背景物体的表现，让画面主次关系清晰、分明。

姬建民　绘

1

2

3

示范二：（姬建民　绘）

1．构图安排后，判断一下静物的素描关系，罐子最深，白布最亮，其他物体和衬布则趋向于不同程度的灰。用较薄的颜色把静物的固有色连同素描关系用大笔轻带出来。

2．判断静物的冷暖变化，罐子的暗部受浅红色布的影响偏暖，受光部分及高光周围，受冷光源和附近偏冷的白衬布影响而偏冷。碗里因受暖色橘子的影响呈现暖绿的倾向。

3．为了体现画面的空间感，在处理背景白色衬布时，画冷一点、灰一些，但要注意与红布交接的位置要微微地偏暖一些。

4．对碗进行较深入的塑造，拉开与罐子的空间关系。对几个水果的塑造，要分出主次和前后，分别刻画到位。近处的白色衬布要画得饱和些、厚实些，给人一种向画面外发展的感觉。

4

姬建民　绘

具备三只眼

第一只眼：观察静物的冷暖变化，包括整体冷暖、局部冷暖。

由于光的作用有了明和暗，物体也就很自然地产生了冷暖关系。一般情况下，在画室自然天光的照射下，物体亮部偏冷，而暗部偏冷。如果在阳光的直接照射下，物体亮部则偏暖，暗部偏冷。环境色的复杂多变，令物体暗部的冷暖关系摆脱了常规意义上的规律而变得丰富多样。这就需要学生具备科学的理性分析思维和感性的直接印象，正确地判断出物体冷暖关系并表现出来。①

第二只眼：观察、判断出静物的总体色调。

在写生之前，首先要判断你所要表现的静物，它的总体色调是什么。因为在同一光源的照射下静物便呈现出一个总体的颜色倾向。在写生过程中，要使画面每一个局部的颜色变化服从总体色调。眼睛不断地巡视整个画面，画笔无论在哪里停留，你的眼睛却始终"行走"于画面之间。这种思想要贯彻到底，直至画面完成。②

第三只眼：观察静物的素描关系，分析出黑、白、灰的层次变化。

一幅好的色彩静物写生作品，当被拍成黑白照片时，它的黑、白、灰层次变化也是非常丰富的，体积关系、空间关系、虚实关系都会在画面上有充分的体现。学生在面对静物时，一方面观察静物的冷暖、色调，另一方面就是要善于滤掉颜色，去观察静物的素描关系，能够准确地判断出大的黑、白、灰关系及物体自身的重、灰、亮关系。学生在这方面容易出现的问题是：调出了正确的颜色变化，但忽略了明度差别。可以通过多画素描静物解决问题，但不要走极端，去用素描方式完成色彩训练，形、色兼备才是正确选择。③

```
        │①
    ② │③
```

①江超　绘　②司博闻　绘　③房博男　绘

色彩静物赏析

关于冷暖：一幅水粉作业冷暖把握得很好，证明你在学习阶段对色彩已经有了很强的感知力、判断力，把握和驾驭了色彩的基本规律，冷暖是色彩造型的根本。

一幅好的水粉作业，色彩是否丰富，冷暖起着关键的作用，当你熟练、准确地塑造出水粉静物的冷暖变化，你的作业就充满了灵气和活力。

姬建民　绘

由于衬布颜色变化较多，纯度较高，极易产生环境色（条件色），色彩的冷暖关系变化明显。此幅水粉静物对学生认识冷暖及环境色有一定的启发作用，另外衬布塑造得也很充分、放松。

孙雪　绘　　指导教师：姬建民

采用俯视构图，近距离对物体进行了详实的描绘，并着力在画面的空间感、色彩的冷暖关系和物体的质感上，作了较充分的表现。

刘璇 绘 指导教师：姬建民

　　对静物近距离的观察和刻画，使画面形成俯瞰效果并努力地表现出前后的空间关系，对近、中、远物体的虚实处理体现出画面的节奏变化。色调明确，整体关系和谐。

薄晶晶　绘　　指导教师：姬建民

　　为了突出牛头在画面中的主体位置，对鱼、陶罐、水果在节奏变化上依次作了处理并淡化衬布和背景，使画面对比强烈，主题突出。

张嘉文　绘　　指导教师：姬建民

对色调有较强的控制力，颜色关系和谐、朴素。牛头与衬布和背景的色彩变化，含蓄而微妙。

11

魏灏菁 绘
指导教师：姬建民

　　这张静物写生整体效果不错，内容鲜明强烈，物体有较强的塑造感，色彩单纯，用笔朴实。美中不足的是，相机、阀门、图片之间缺少层次变化，影响了画面纵深的空间关系。

姬建民　绘

　　这张画画面很明显呈现出偏红的暖色调，静物中偏冷的色彩变化与整个色调协调一致，画面气氛轻松自然。

12

姬建民　绘

　　这是一张短期练习，绘画时加强了用笔的速度，使画面产生了一气呵成的流畅效果，对铅笔的精确处理，体现了一张一弛的节奏感。

薄晶晶　绘
指导教师：姬建民

　　在鞋的表现上注重变化，中间的一只鞋刻画充分，其他鞋依次放松，画面强弱关系分明，色调浓郁，有感染力，给观者带来画面以外的联想。

盛胜　绘
指导教师：姬建民

　　这张静物作业色彩关系统一、色调明确、用笔肯定、色彩变化含蓄微妙。打开的书处理得不错，只是远处背景的颜色和前面灰布的颜色没有拉开，画面下方，画得有些简单。

姬建民　绘

　　整个画面色调趋向于暖灰，用笔挥洒自如，塑造感强。舍弃对细节的刻画，体现了注重整体，把握大局的意识。

王瑶　绘
指导教师：姬建民

　　每个相对独立的固有色变化，合理地融合在统一的色调关系里，同时又照顾到环境色的影响而带来的冷暖变化。
不足：局部有些颜色倾向不明确。

姬建民　绘

　　对水果中冷色的点缀，拉近了与整个色调的关系，利用挤压的方法把勺子刻画得轻松自然，快捷、简练的笔法，生
动地表现出了酒杯的质感。

姬建民　绘

对背景单纯、简约的表现，使前景变化更加丰富、生动，冷色的碗与暖色的水果之间形成的对比，使画面充满活力，小白壶上的花儿"点"得很贴切。

姬建民　绘

这是为学生画的范画，时间是三个小时，与美术高考要求一致，内容的难易程度也差不多，在边画边讲的过程中，对学生启发很大，并对这种学习方式表示出极大的兴趣。

牛默　绘　　指导教师：姚巍

　　对纵向空间感的刻意表达，使画面产生了独特的构图效果。两块强对比的衬布在塑造上注意了它们之间的协调关系，对水壶上映衬出的人物细节进行了刻画，体现出画面的趣味感。

胡佩君　绘　　指导教师：张培立

　　冷灰的色调很明确，罐与石膏对比强烈，但没有脱离画面的整体关系。整个画面朴素、自然，空间感很强，色彩冷暖的分寸感把握得很好。

司博闻 绘　　指导教师：姬建民

　　这张静物写生，与常规的构图方式有所不同，缩小静物的比例，加大周围环境的描绘，使画面形成了室内场景或室内一角的独特效果，增加了画面的生活气息和氛围，产生一种亲切感。美中不足的是，椅子的造型还不够严谨，背景处理得太简单了。

王好希　绘
指导教师：张培立

　　静物内容很烦琐，但绘画者将它们表现得错落有致、层次分明，颜色变化很丰富，对质感的积极追求体现出较强的塑造能力。

姬建民　绘

　　·素描关系表现适度准确，冷暖关系变化明显。花瓶、烛台、不锈钢碗刻画得生动、鲜活。背景衬布较多，但大块白色衬布使静物主体清晰可见，更好地将整幅静物表现出来。

关于色调：一幅水粉静物作业，如果色调把握得很好，证明学生在学习阶段已经逐步成熟起来。老师判断学生作业的好与不好，色调起着关键的作用，色调是色彩训练过程中必须掌握的一个重要环节。画出准确、舒服的调子，这张作业就有了说服力。

色调把握得好与坏，取决于学生整体意识在作画过程参与程度的大小。一组静物就像是"团结友爱的一家人"，相互关联、彼此熟知。作画过程中色彩的相互借用、相互容纳是常见现象，尤其在光的作用下，环境色、条件色的相互依存、相互影响，让静物的色彩变化更加和谐统一。因此，学生在对待自己作业时，对色调的把握要有一个清醒而深刻的认识。

姬建民　绘

整个画面冷灰的色调相当明确，柿子椒与西红柿两个补色关系处理得很协调。对静物色调的刻意追求，目的在于启发学生对色调的认识和理解。

21

阎烨　绘
指导教师：姚巍

　　由于此学生在对同一衬布远近变化的表现上注意了色彩冷暖的区别、明度的区别、虚实的区别，很自然地产生了空间感。对近处碗的具体刻画，拉开了与罐子之间的距离，形成较强的空间变化。

姬建民　绘

　　充分利用水粉特性，把水作为润滑颜色的媒介，采用湿画法巧妙衔接物体本身及与衬布之间的色彩变化，使画面生动、透气，浑然一体。

赵莹 绘　指导教师：吴海洲

画面效果平和含蓄、色调统一，用笔放松自如，形色兼备。画中冷色与暖色的点缀，使平静的内容平添了几分活跃。

刘璇 绘 指导教师：姬建民

作者用肯定的笔触，浓重的色彩营造出良好的画面气氛，牛头的塑造充满了力量感，强烈的绘画"味道"，使画面产生了突出的专业效果。

24

孙伟 绘 指导教师：姬建民

通透的背景处理，使静物犹如置身于室外旷野，空灵的画面效果，增强了静物的神秘感，提升了作为一般意义上静物写生练习的层次，绘画者对静物的客观再现和主观处理让画面生辉。

曾洁 绘
指导教师：姬建民

　　画面中心的主体物塑造得深入、细致，作者对其他物体做了放松的处理，使画面主次分明、重点突出。对近景衬布的具体刻画及对远处背景的概括表现，使画面的空间关系一目了然。

姬建民　绘

　　经常有学生问到，黑颜色可不可以用。一般情况下，老师是不提倡学生用黑色，担心用黑色会在画面上产生负面影响。实际上，黑是可以运用到画面中的，但一定要让黑在经过与其它颜色的调配后，产生了倾向才行，这张练习就是在黑的运用上恰到好处，画面沉稳，色调浓重，颜色变化微妙。

姫建民　绘

　　如何表现空间感，作者通过对衬布远近纯度的变化及物体远近强弱的塑造上，都做了很多努力，因此画面主次鲜明，空间关系明确。

晏雯　绘
指导教师：姫建民

　　这张作业绘画者并没有在细节上过多纠缠，而是注重了画面的整体感。颜色关系协调，用笔肯定、结实，在画面颜色干湿、薄厚的处理上有自己的主见。

姬建民　绘

　　这张静物练习用了不到一个小时，由于从整体入手的关系，画面显得很完整，背景与主体物主次分明，空间关系也很到位。绘画时充分利用水粉特点、干湿结合、区分薄厚、淡化背景、强调主体、舍掉堆砌，在塑造上体现出了应有的变化。

姬建民　绘

　　三个小时之内作业应该完成什么样的效果，这一张有很好的参考价值，画面色调和谐、统一，用笔流畅，构图饱满，色彩冷暖变化丰富。

王好希　绘　　指导教师：张培立

　　在写生过程中，花卉练习是经常涉及到的内容，如果是初次画花，可能还摸不着门儿，实际上跟画其它内容在画理上没有什么区别，只要把花卉潇洒、艳丽的特点表现出来就可以了。但要考虑到它的空间、体积及中间部分与边缘部分的虚实关系。

胡佩君　绘　　指导教师：张培立

画面颜色非常和谐，色调把握明确到位，几种不同的灰颜色的变化既统一又有合理的区分，体现了绘画者
善于控制画面的能力。

胡佩君　绘　　指导教师：张培立

画面颜色响亮，节奏感强，几块白颜色表现出了它们之间微妙区别，避免了雷同，对物体的质感有一定的表达。

点 彩 练 习

点彩练习作为色彩训练过程中的一个重要手段，已得到很多学生的认可，对提高学生们对色彩的理解和认知，有着不可替代的作用，经过一段时间的写生训练，学生们普遍反映效果良好。这里选登几幅较好的作业供学生们及同行参考。

点彩练习对学生们在经营画面过程中秩序的培养起着积极的作用，对画面中容易出现脏、涩和灰的色彩变化起到了制约的效果，色彩的丰富性一目了然，对那些找不到颜色变化的学生是一种"强"提醒，对冷暖、环境色、光源色的直接表现，使色彩理论知识通过写生有了一个感性的理解过程，对间色的变化体会更多，对学生们固有的写生习惯是一个良好的补充，对不良用色习惯起到检查和修正的"功能"。对色彩感觉一直偏弱的学生，经过这样的训练，可以找到自信，并从丰富而强烈的色彩变化中找到"归宿"。完成一张点彩写生练习是需要极大的耐心和稳定的情绪，而点彩练习可以帮助那些情绪易急躁、易波动的学生们克服自身的弱点，步入良性循环的发展轨迹。

陈依依　绘　　指导教师：姬建民

江超 绘（上） 黄臣 绘（下） 指导教师：姬建民

隋颜君 绘　　指导教师：姬建民

薄晶晶　绘（上）　雷捷　绘（下）　　指导教师：姬建民

模拟试卷点评

模拟考试是对学生在训练阶段的一个考查，显得非常必要，它有很强的实战性和真实感，每一个学生都全力以赴，认真对待。试卷中表现出的优点及存在的不足，对老师们下一步的教学训练有很现实的指导意义。另外，对学生将来可能考取哪类学校有很实际的参考价值。

**清华大学美术学院
模拟试卷点评
（试卷一）**

罗晓　绘
指导教师：张培立

这是一张不错的试卷，画面的气氛感很强，说明作者整体意识好，每一部分的局部塑造都服从了画面的总体色调。色彩冷暖关系明确，用笔流畅、自如。近处衬布用笔的多变与远处背景用笔的概括，使画面形成了较强空间关系。

胡佩君　绘　　指导教师：张培立

　　这张试卷的色调把握得很好，不锈钢盘塑造得严谨、深入，体现出很强的质感。表明了绘画者较强的用色彩造型的能力。另外，画面没有在细节上过多纠缠，显得很整体。

1

2

3

4

5 6

7 8

1.画面的基本效果还可以，但在盘和水杯的刻画上显得有些紧，近处衬布画得有些乱，椅子前端与靠背在颜色变化上没有画出区别来，影响了画面的空间效果。

2.这位考生的色彩感觉还是不错的，但画面过于"表现"的效果影响了他的成绩，有些颜色太主观，没有秩序感。考试时，要保持冷静的心态，认真规范地完成试卷。

3.画面造型不够严谨，主次关系不明确，白色衬布颜色变化单一并有些粉。

4.整个画面过于灰暗，形体塑造给人的感觉太匆忙、草率。颜色的层次关系也没有画出来，空间意识较差。

5.作画过程显得很盲目，重颜色画得无理，无主次关系、无层次关系、无空间关系、无冷暖关系。

6.基本颜色还可以，但画面处理得太平均，物体质感刻画得过于雷同，色彩及空间关系基本没有体现。

7.这张试卷给人的感觉太松散，物体塑造得很不到位，用色单薄。平均对待画面的每一个位置，实在是不可取。

8.这张试卷很有特点，但实在是不符合考试要求，平面、装饰的特点和违反训练常规的画面效果无法令阅卷老师满意。

陈佳佳　绘

　　这是一张发挥不错的试卷，构图、空间关系、造型、冷暖及色调的处理上都比较符合考试要求，能得到高分也就是很自然的。

1.造型不严谨，背景画得太潦草，三个橘子的变化太一样，整个画面缺少冷暖变化。

2.衬布和背景色彩的明度过于接近和薄气，橘子的造型太夸张，酒杯与橘子的空间关系没有画出来，黑罐的体积感不够。

3.背景与物体都画得很实，使画面无法产生空间感，色彩也显得不够协调，物体的塑造也不够深入。

张宇星　绘

这是一张在本校模拟考试中发挥不错的试卷，构图赋有节奏感，物体与衬布的主次关系明确，空间感处理得很到位，对物体的质感有一定的体现。

构图显得不够饱满，物体塑造得不够充分，尤其橘子刻画偏简单，背景用笔及颜色变化上有些花，面包片在颜色处理上缺少变化。（43页上图）

整个画面太偏重对固有色的追求，颜色变化过于单调，尽管在塑造上有一定的能力，但仍不能令人满意。该学生应在色彩感受的培养上多下工夫。（43页下图）

师生对话

学生：我的画面总是很平，画不出空间感。①

老师：要想画出空间感，要注意几个问题：1.同一种颜色无论是衬布，还是物体在纵深距离上产生变化时，色彩很自然地就在纯度、冷暖上发生了微妙的区别，距离变化越大，差异就越大，色彩纯度就会很低，并变得很冷、很灰。2.色彩中的素描关系在写生过程中，必须要考虑的，仍然是同种物体和衬布，位置发生了远近的变化时，越远就越虚、越柔和。只要把静物中的冷暖、纯度、虚实关系用色彩表现出远近的区别来，空间很容易产生。3.把处在视觉前端的物体和衬布通过深入刻画，塑造具体、肯定、实在、明确。4.近处物体和衬布在用笔上，可以画得明显一些，颜色厚实一些，甚至让颜色"立"起一点也没关系。而远处的物体的颜色变化是相反的，概括、统一、单纯些。5.在物体的塑造上，暗部的颜色要给够，冷暖要分明，不要都一样实，注意主次。做到以上几点，问题就解决了。②

学生：我为什么看不出颜色变化，有时看出来了，又调不出来。

老师：色彩变化强烈的静物组合，颜色变化明确，容易判断和调配。看不出和调不出来的，应该属于灰色范畴里的颜色组合。如果一组静物呈现出各种以灰为主的关系里，它的变化非常微妙，在观察上容易产生误差或很难找出色彩倾向，这就要依靠你对学习的色彩理论进行分析，先分成两大类，暗部和亮部。在一般天光下，暗部周围没有其它冷色影响，应该偏暖一些的灰，反之本身就偏冷一点，亮部则基本偏冷。尤其高光附近，物体的固有色也可以帮助你判断物体自身及其周围颜色的区别。另外可以把极难判断的颜色与颜色倾向明显的冷和暖做比较，看它的偏向如何，来分析出它的倾向。也可以采取比较的方法，在画面上或外面点上几种不同的灰，进行判断，必有所得。总之，要想做到一调就有，还需要加强练习，掌握了规律，便熟能生巧，少走调色弯路。

学生：我总画得很灰，亮颜色亮不起来，重颜色深不下去，纯度较高的物体也画不鲜。③

老师：首先，最基本的是，要保证调色盒里颜色的干净、整洁。重色如：普蓝、青莲、深红、群青、黑、深褐等；亮色如：白、柠檬黄、粉绿、淡黄等。在给学生修改的时候，我深有体会，颜色被互相污染较严重的时候，是无法调出画面需要的颜色来，我都会让学生补充新的颜色，这是一方面。再有明度很高和明度很低的物体色彩变化，在颜色调配上切忌调和种类过多，而且要控制选择的辅助颜色的比例，主色要量大、饱和，辅色控制在微量的范畴。无论亮色还是重色调配时，要达到一定的浓度，水分太多也达不到预期效果。纯度很高的颜色变化画不鲜，除了注意以上问题，还要注意周围色彩变化的配合，暗部和投影的颜色要画充分。纯度高的主体与周围物体或背景形成冷暖、补色，或明度对比关系，正确合理地画出周围背景或物体的颜色,你所要表现的物体的纯度就会通过冷暖对比体现出来。④

学生:我开始画的颜色比较丰富,特生动。但到最后深入刻画完成后,效果反而不理想了。

老师:每一个学生在面对一组新摆的静物时,都会产生很强烈的新鲜感和敏感度,并带动学生的感受力,把对静物的最初印象,痛快淋漓地表达出来,画面充满了活力,尽管有的颜色夸张了,或主观了,但仍然处在画理的范畴之中。随着时间的流逝,学生会对静物产生倦怠感,对色彩变化的敏感度逐步降低,这时对自己视觉及情绪的微妙变化并无察觉,会随着慢慢消退的色彩感受,"摧毁"自己画面良好的开端,在"艰苦卓绝"的死抠、硬画中难以自拔。要避免此情况出现,那就要遵守你最初的感受,努力地保留住好的变化,并把最初的画面变化作为你继续刻画的依据和标准,并逐渐丰富和完善。在这个过程中,时刻注意整体关系,多

比较,找出节奏变化,在表面相同的变化之中找出不同点,并理清思路按步骤坚持下去,到接近完成时,要学会控制画面,善于做减法,画面既充分完整又松弛、自然,这才是最佳效果。

45

作者近照

姬建民 中央美术学院壁画系、首都师范大学美术学院毕业。中央工艺美院附中（清华大学美术学院生源基地学校）美术教师、高中部美术教研组组长，一级教师。北京市美术家协会会员。

作品《踢》、《雨后》、《教》获奖。作品曾参加当代中国油画展（马来西亚）、中国现代油画展（新加坡）、中国油画精英邀请展（中国香港）、中国油画艺术展（中国）、中国油画双年展（中国）、中韩绘画交流展（中国）。

部分作品被意大利、法国、马来西亚、新加坡等国家及中国香港、台湾地区收藏。

编著有《速写》等书籍。

后 记

在学校作美术基础教学工作不少年了，从最初建立附中到现在成为北京唯一一所清华大学美术学院生源基地学校，我见证了学校由弱到强的发展历程，学校也成为越来越受欢迎的美术特色校之一。我也培养了不少的优秀学生，有相当一部分学生考取了清华美院，还有部分学生分别考取了中央美院、中国传媒大学、北京电影学院、中央戏剧学院、首都师范大学、北京服装学院等艺术院校，为学校赢得了荣誉。我也成为最受学生欢迎的美术教师之一。

我长期担任美术高考教学工作，积累了丰富的教学经验，详细讲解基础理论、范画全过程演示、逐一讲评、适时修改、分类辅导、阶段总结并利用多媒体分析和欣赏大师作品、点评学生作业等，无所不作。

教学中我主张不急功近利，严抓学生基本功训练，有步骤、有目的地传授学生所需内容，脚踏实地、厚积薄发。

本书所编内容也算是对我教学工作的一个小结，难免有不妥之处，望广大美术爱好者及同行多多指教。